L'étrange cas du Dr Jekyll et de Mr Hyde

FichesdeLecture.com

L'étrange cas du Dr Jekyll et de Mr Hyde (Fiche de lecture)

I. INTRODUCTION

Cet ouvrage majeur est une nouvelle publiée en janvier 1886 par Robert Louis Stevenson. Il raconte l'histoire d'un avocat, Charles Utterson qui, suite à des faits étranges, enquête sur le lien mystérieux qui unit Edward Hyde et le Docteur Henry Jekyll.

Cette nouvelle a fait l'objet de nombreuses adaptations à travers le théâtre et le cinéma. Sa postérité est due à son étude d'un concept qui fascine la culture occidentale : le conflit intérieur d'un être humain, entre civilisation et animalité, bien et mal. Elle peut également se lire comme une nouvelle d'épouvante de par la richesse de son intrigue et de son écriture.

II. RÉSUMÉ DE LA NOUVELLE

Lors de leur promenade hebdomadaire, M. Utterson, un avocat éminemment sensible et digne de confiance, écoute son ami Enfield lui raconter une horrible histoire d'agression. Le récit décrit un sinistre personnage du nom de M.Hyde, qui piétine une jeune fille, disparaît à travers une porte qui donnait sur la rue, et réapparaît pour remettre un chèque à la famille de celle-ci, document signé par un respectable gentleman... Étant donné que Utterson comme Enfield désapprouvent les ragots, tous deux s'accordent sur le fait qu'ils ne parleront plus de ce sujet.

Cependant, un client et ami proche de Utterson, le Dr.Jekyll, lui transmet un jour un document transférant l'ensemble de ses biens au même Mr.Hyde. Bientôt ; Utterson commence à rêver qu'il est traqué par un personnage sans visage à travers une version cauchemardesque des rues de Londres

Perplexe, l'avocat rend visite à Jekyll et leur ami commun, le Dr Lanyon, afin d'en apprendre un peu plus. Lanyon rapporte qu'il ne voit plus beaucoup Jekyll, depuis qu'ils ont eu un différend concernant les recherches de ce dernier, que Lanyon qualifie de « balivernes non scientifiques ». Curieux, Utterson épie un bâtiment où se rend Hyde, lieu qui se révèle être un laboratoire relié à l'arrière de la maison de Jekyll. En rencontrant Hyde, Utterson est étonné par la laideur qui le caractérise, une laideur indéfinissable, comme s'il était déformé, bien que l'avocat ne puisse pas exactement préciser de quelle manière. À la grande surprise d'Utterson, Hyde lui remet volontiers son adresse. Par la suite, Jekyll lui dit de ne pas trop se préoccuper au sujet de Hyde.

Une année s'écoule sans incident. Puis, une nuit, une jeune servante assiste à une scène d'une rare violence : Hyde frappe à mort un vieil homme du nom de Sir Danvers Carew, membre du Parlement et client d'Utterson. Ce dernier est contacté par la police, et Utterson suspecte Hyde d'être le meurtrier. Il conduit les policiers à l'appartement de Hyde, sous un temps étrange et inquiétant : le matin est sombre et auréolé de brouillard... Lorsqu'ils arrivent à l'appartement, le meurtrier s'est envolé et la recherche de la police se révèle vaine.

Peu de temps après, Utterson rend de nouveau visite à Jekyll, qui affirme cette fois avoir mis un terme à toute relation avec Hyde. Il montre à Utterson une note qui aurait lui aurait été écrite par ce dernier, et s'excusant pour tous les ennuis qu'il a pu lui causer, puis lui faisant ses adieux. Cette nuit-là, le greffier d'Utterson lui fait remarquer que l'écriture de Hyde ressemble de façon frappante à celle de Jekyll lui-même.

Pendant quelques mois, Jekyll se montre particulièrement amical et sociable, comme si un poids lui avait été retiré des épaules. Mais par la suite, Jekyll refuse soudainement tout visiteur, et Lanyon meurt d'un choc psychique apparemment lié à Jekyll. Avant de mourir, toutefois, Lanyon remet une lettre à Utterson, avec pour instruction de ne pas l'ouvrir avant la mort de Jekyll. Pendant ce temps, Utterson va se promener avec Enfield, et ils voient ensemble Jekyll à travers la fenêtre de son laboratoire ; les trois hommes commencent à converser, mais une expression d'horreur se dessine sur le visage de Jekyll et il claque soudainement sa fenêtre pour la fermer et disparaît.

Peu de temps après cet épisode, le majordome de Jekyll, M.Poole, rend visite à Utterson dans un état de désespoir avancé. Jekyll en effet s'est isolé dans son laboratoire depuis plusieurs semaines, et désormais la voix qui provient de l'intérieur ne ressemble plus en rien à celle du docteur. Utterson et Poole se rendent alors à la maison de Jekyll, traversant ensemble des rues sinistres, vides et balayées par le vent. Une fois sur place, ils trouvent l'ensemble des domestiques regroupés ensemble et terrifiés. Après en avoir discuté quelques instants, les deux hommes décident de rentrer de force dans le laboratoire. À l'intérieur, ils y trouvent le corps de Hyde habillé des vêtements de Jekyll, et apparemment mort par suicide ; à ses côtés, ils trouvent une lettre de Jekyll adressée à Utterson lui promettant de tout expliquer.

Utterson emporte le document chez lui et lit la lettre de Lanyon, qui lui révèle que la détérioration de son état et sa mort éventuelle sont liées au choc d'avoir vu Mr.Hyde prendre une potion et se transformer en Dr.Jekyll. La seconde lettre constitue le testament du Docteur. Elle explique que celui-ci, lors de ses recherches pour trouver la séparation entre le bon côté et les penchants les plus sombres chez les êtres humains, a découvert une façon de se transformer périodiquement en un monstre déformé et dépourvu de conscience : Mr.Hyde.

Dans un premier temps, Jekyll rapporte qu'il a adoré se transformer en Hyde et de jouir de la liberté morale de sa créature. Au final cependant, il a découvert qu'il se transformait en Hyde de façon involontaire durant son sommeil, sans même boire la potion. À ce stade, Jekyll s'est résolu à cesser toute transformation. Une nuit cependant, l'envie devient intenable et, une fois transformé, il se rue à l'extérieur et tue de manière extrêmement brutale Sir Danvers Carew. Horrifié, Jekyll tente plus fermement de mettre fin à ses transformations et il y parvient pendant quelque temps ; mais un jour, alors qu'il est assis dans un parc, il se transforme soudain en Hyde et, pour la première fois, sa métamorphose involontaire a lieu alors qu'il est éveillé.

La lettre continue de décrire l'appel à l'aide de Jekyll. Loin de son laboratoire et traqué par la police pour le meurtre qu'il a commis, Hyde a besoin de l'aide de Lanyon pour récupérer ses potions et redevenir Jekyll à nouveau ; mais lorsqu'il entreprend la transformation en présence de Lanyon, le choc éprouvé par le témoin provoque sa mort quelque temps après. Pendant ce temps, Jekyll est retourné à son domicile, mais c'est seulement pour se retrouver encore plus démuni et pris au piège, car les transformations se font de plus en plus fréquemment et demandent des doses toujours plus importantes de potion pour renverser l'effet.

C'est le déclenchement d'une de ces métamorphoses spontanées qui a conduit Jekyll à claquer la fenêtre de son laboratoire au beau milieu de sa conversation avec Enfield et Utterson. Au final, la potion commence à manquer, et Jekyll est incapable de trouver l'ingrédient essentiel pour en fabriquer plus. Sa capacité à retourner en arrière vers son identité originelle disparaît lentement.

Jekyll écrit qu'au moment même où il écrit sa lettre, il sait que bientôt, il deviendra Hyde de façon permanente, et il se demande si cette créature choisira de se suicider ou de faire face à ses crimes. Jekyll note que, dans tous les cas, sa lettre marque la fin de sa vie en tant que Dr.Jekyll. Ces sur ces mots que la lettre comme la nouvelle parviennent à leur terme.

III. PRÉSENTATION DES PERSONNAGES

Dr Jekyll et Mr. Hyde

On peut s'interroger sur le fait de savoir si Dr. Jekyll et Mr. Hyde sont en fait une entité unique. En effet, jusqu'à la fin de la nouvelle, les deux personnages ne sont en rien similaires. Le Docteur est apprécié et respectable, tandis que Hyde est dépravé et odieux : ils sont donc opposés aussi bien physiquement que du point de vue de la personnalité. Stevenson utilise ce contraste pour exprimer son point de vue : tout être humain contient des forces opposées en lui, un alter ego qui se cache derrière sa façade polie et respectable. De même, pour comprendre pleinement la signification de Jekyll comme de Hyde, nous devons examiner les deux comme constituant un unique personnage. En effet, pris séparément, aucun d'entre eux n'est une personnalité très intéressante. C'est leur interrelation qui donne sa force à la nouvelle.

En dépit de l'apparente opposition entre les deux entités, leur relation implique en fait une dynamique complexe. S'il est vrai que Jekyll apparaît largement comme décent et moral, engagé dans des œuvres caritatives et jouissant d'une réputation de cordialité et de courtoisie, il n'incarne en fait jamais totalement la vertu, de même que Hyde n'incarne jamais totalement le mal. Bien que Jekyll entreprenne ses expérimentations dans l'intention de purifier le bon côté des gens du mauvais et vice-versa, il finit par isoler seulement le côté maléfique. Le Docteur parvient à libérer son côté le plus sombre, mais son identité originelle n'est jamais totalement libre elle-même de cette obscurité.

Le succès partiel de Jekyll dans ses efforts garantit de nombreuses analyses. Jekyll lui-même attribue le déséquilibre de ses résultats à son état d'esprit lors de la première ingestion de la potion. Il dit qu'il a été motivé par un besoin obscur, ambition ou fierté, et que c'est cela qui a permis l'émergence de Hyde. Il semble que s'il avait commencé l'expérience avec des motifs purs, une créature angélique aurait pu en ressortir. Toutefois, il faut considérer les évènements qui viennent ensuite avant de libérer le Docteur de tout blâme. Car, une fois libéré, Hyde en vient progressivement à dominer les deux facettes du personnage. En effet, à la fin de la nouvelle, Jekyll n'existe plus, et seul Hyde survit. Ce dernier semble posséder une force plus puissante que ce que le Docteur avait anticipé. Le fait que Hyde, plutôt qu'une créature angélique, ait émergé des expériences de Jekyll, semble être bien plus qu'un évènement dû au hasard. C'est comme s'il était à l'affût dans l'ombre de la personnalité du Docteur.

Cette prédominance de Hyde induit plusieurs implications pour notre compréhension de la nature humaine. On commence à se demander si tout aspect de la nature humaine n'a pas en fait un aspect négatif en contrepartie, similaire à Hyde. D'ailleurs, ce dernier est décrit comme ressemblant à un « troglodyte » ou une créature primitive. Peut-être constitue-t-il en fait la nature originelle et authentique de l'homme, qui a été réprimée mais non détruite par le processus de civilisation, la conscience et les normes sociétales. En outre, la nouvelle donne à penser qu'une fois ces liens rompus, il devient impossible de les rétablir : le génie ne peut être replacé dans la bouteille et, au final, Hyde remplace de façon permanente celui qui l'a libéré. Ainsi, même dans la société britannique victorienne, Stevenson suggère que les instincts sombres de l'homme restent fortement ancrés, suffisamment pour dévorer ceux qui, comme Jekyll, se trouvent assez stupides pour les libérer.

Gabriel John Utterson

Bien qu'Utterson soit le témoin d'une suite d'évènements bouleversants, ce n'est pas un personnage très enthousiaste ou passionné. En effet, Stevenson décide de le présenter de cette manière tout au long de la nouvelle : dès le début il « parle peu » et est « maigre, grand, poussiéreux ». Pourtant, il a beaucoup d'amis et est apprécié. Et c'est son sens de la loyauté qui le pousse à s'attaquer au « mystère » Hyde. Utterson incarne le parfait gentleman victorien, soucieux de l'ordre et gardant toujours la volonté de préserver ses amis.

D'ailleurs, on voit dans ses réactions que, malgré le côté fortement surnaturel des évènements, il ne s'éloigne jamais de son approche première qui est celle d'une rationalité à toute épreuve. Il incarne ainsi la tendance générale de la société victorienne, qui cherche à maintenir constamment l'autorité de la civilisation contre le côté sombre de l'humanité, quitte à nier l'existence même d'un élément sauvage.

Cependant, il ne manque pas de remarquer la nature étrange des évè-nements sur lesquels il enquête. En effet, dans la mesure où nous voyons la nouvelle à travers les yeux d'Utterson, Stevenson ne peut pas faire de lui un personnage totalement dépourvu d'imagination, au risque d'en faire souffrir l'ambiance étrange de l'ouvrage. Peut-être peut-on considérer que la présence glaciale de Hyde dans Londres est assez forte pour pénétrer la coque rationnelle si rigide qui entoure Utterson, faisant entrer en lui un début d'effroi surnaturel.

Dr. Hastie Lanyon

Lanyon ne joue qu'un rôle mineur dans l'intrigue, mais son impor-tance va plus loin que ses brèves apparitions. Son scepticisme scientifique va parfois plus loin que celui d'Utterson. Il apparaît alors comme un double négatif du Dr Jekyll. Tous deux sont des professeurs respectés, mais ils ont choisi des chemins différents. Certaines phrases laissent penser qu'ils ont pu être partenaires de par le passé. Mais Lanyon choisit le côté rationnel et matérialiste de la science, tandis que Jekyll préfère poursuivre dans ce qui pourrait être appelé la science métaphysique ou mystique.

C'est peut-être d'ailleurs ce qui précipite sa mort. En effet, ayant passé sa vie en tant que rationaliste et sceptique, Lanyon n'est pas en mesure d'absorber les nouveaux éléments que lui révèlent les expériences de Jekyll à travers Hyde. Au plus profond de lui-même, Lanyon préfère mourir plutôt que de continuer à vivre dans un univers qui, de son point de vue, a été mis sens dessus dessous. Il s'en va donc sans laisser son rationalisme céder à l'existence de l'inexplicable Jekyll et de son double.

IV. AXES D'ANALYSE

Le dédoublement de la personnalité

Dr Jekyll et Mr. Hyde se concentre sur une conception de l'humanité duale par nature, bien que le thème n'émerge pas pleinement avant le dernier chapitre, lorsque l'histoire complète de la relation Jekyll-Hyde nous est révélée. Par conséquent, nous sommes confrontés à la théorie d'une double nature humaine uniquement après avoir été témoins des évènements de la nouvelle, y compris des crimes de Hyde et de la disparition de l'identité de Jekyll. Le texte ne présente pas seulement la dualité de cette nature comme thème central, mais il nous oblige à réfléchir sur les propriétés de cette dualité et à considérer chacun des épisodes de l'ouvrage afin d'évaluer diverses théories.

Jekyll affirme que l'« homme n'est pas vraiment un, mais véritablement deux », et il imagine l'âme humaine comme un champ de bataille entre un ange et un démon, chacun luttant pour l'emporter sur l'autre. Mais sa potion, qui espère-t-il séparera et purifiera chaque élément, ne mène en fait qu'à faire émerger le côté sombre de la personne humaine. Si l'homme est donc mi ange mi démon, on peut se demander ce qu'il est advenu du premier à la fin de la nouvelle.

Peut-être l'homme est-il vraiment « deux », mais c'est d'abord et avant tout la créature primitive incarnée par Hyde qui prend le contrôle de la conscience de Jekyll. Selon cette théorie, la potion qu'il a élaborée met tout simplement de côté le côté civilisé de l'homme pour mettre à jour sa vraie nature.

Pourtant, si Hyde n'était qu'un animal, on ne s'attendrait pas à ce qu'il prenne un tel plaisir à commettre ses crimes. En effet, il semble agir violemment contre des innocents pour aucune autre raison que la joie que cela lui procure, ce qu'un animal ne ferait pas. Il apparaît délibérément comme un être immoral, et non amoral. Il connaît les lois humaines et se réjouit de les repousser.

En fin de compte, tandis que Stevenson affirme clairement que la nature humaine a deux dimensions, il laisse ouverte la question de ce que ces dimensions signifient. Peut-être consistent-elles du mal et de la vertu, peut-être représentent-elles l'animal intérieur de chacun et le vernis que la civilisation y a apposé. Stevenson augmente la richesse de la nouvelle en nous laissant chercher la réponse en nous-mêmes.

L'importance de la réputation et l'hypocrisie sociale

Pour les personnages de *l'Etrange cas du Dr.Jekyll et de Mr.Hyde*, préserver sa réputation est un élément fondamental. La prévalence de ce système de valeurs est évidente dans la manière dont les hommes intègres, tels Utterson et Enfield, évitent à tout prix les ragots, qu'ils voient comme un élément destructeur de réputation. De même, lorsqu'Utterson suspecte Jekyll d'être victime d'un chantage et ensuite d'abriter Hyde traqué par la police, il ne fait part à personne de ses soupçons. Un aspect majeur de son amitié avec Jekyll est basé sur le fait de garder ses secrets et de ne pas ruiner sa respectabilité.

L'importance de la réputation se reflète également à travers l'importance des apparences, des façades et des surfaces, qui cachent souvent de sordides dessous. Dans de nombreux éléments de la nouvelle, Utterson, fidèle aux valeurs de la société victorienne, tient fermement à non seulement préserver la réputation de Jekyll, mais aussi l'apparence de l'ordre et le décorum, même s'il sent qu'en dessous de ceux-ci se dissimule une ignoble vérité.

Dans la même collection en numérique

Escadrille 80

Inconnu à cette adresse

La controverse de Valladolid

Les Vilains petits canards

Une partie de campagne

Cahier d'un retour au pays natal

Dora Bruder

L'Enfant et la rivière

Moderato Cantabile

Alice au pays des merveilles

Le faucon déniché

Une vie

Chronique des Indiens Guayaki

Je voudrais que quelqu'un m'attende quelque part

La nuit de Valognes

Œdipe

Disparition Programmée

Education européenne

L'auberge rouge

L'Illiade

Le voyage de Monsieur Perrichon

Lucrèce Borgia

Paul et Virginie

Ursule Mirouët

Discours sur les fondements de l'inégalité

L'adversaire

La petite Fadette

La prochaine fois

Le blé en herbe

Le Mystère de la Chambre Jaune

Les Hauts des Hurlevent

Les perses

Mondo et autres histoires

Vingt mille lieues sous les mers

99 francs

Arria Marcella

Chante Luna

Emile, ou de l'éducation

Histoires extraordinaires

L'homme invisible

La bibliothécaire

La cicatrice

La croix des pauvres

La fille du capitaine

Le Crime de l'Orient-Express

Le Faucon malté

Le hussard sur le toit

Le Livre dont vous êtes la victime

Les cinq écus de Bretagne

No pasarán, le jeu

Quand j'avais cinq ans je m'ai tué

Si tu veux être mon amie

Tristan et Iseult

Une bouteille dans la mer de Gaza

Cent ans de solitude

Contes à l'envers

Contes et nouvelles en vers

Dalva

Jean de Florette

L'homme qui voulait être heureux

L'île mystérieuse

La Dame aux camélias

La petite sirène

La planète des singes

La Religieuse

1984 A l'Ouest rien de nouveau

Aliocha

Andromaque

Au bonheur des dames

Bel ami

Bérénice

Caligula

Cannibale

Carmen

Chronique d'une mort annoncée
Contes des frères Grimm
Cyrano de Bergerac
Des souris et des hommes
Deux ans de vacances
Dom Juan
Electre
En attendant Godot
Enfance
Eugénie Grandet
Fahrenheit 451
Fin de partie
Frankenstein
Gargantua
Germinal
Hamlet
Horace
Huis Clos
Jacques le fataliste
Jane Eyre
Knock
L'homme qui rit
La Bête humaine
La Cantatrice Chauve
La chartreuse de Parme
La cousine Bette
La Curée
La Farce de Maitre Pathelin
La ferme des animaux
La guerre de Troie n'aura pas lieu
La leçon
La Machine Infernale
La métamorphose
La mort du roi Tsongor
La nuit des temps
La nuit du renard
La Parure

La peau de chagrin

La Petite Fille de Monsieur Linh

La Photo qui tue

La Plage d'Ostende

La princesse de Clèves

La promesse de l'aube

La Vénus d'Ille

La vie devant soi

L'alchimiste

L'Amant

L'Ami retrouvé

L'appel de la forêt

L'assassin habite au 21

L'assommoir

L'attentat

L'attrape-coeurs

Le Bal

Le Barbier de Séville

Le Bourgeois Gentilhomme

Le Capitaine Fracasse

Le chat noir

Le chien des Baskerville

Le Cid

Le Colonel Chabert

Le Comte de Monte-Cristo

Le dernier jour d'un condamné

Le diable au corps

Le Grand Meaulnes

Le Grand Troupeau

Le Horla

Le jeu de l'amour et du hasard

Le Joueur d'échecs

Le Lion

Le liseur

Le malade imaginaire

Le Mariage de Figaro

Le meilleur des mondes

Le Monde comme il va

Le Parfum

Le Passeur

Le Petit Prince

Le pianiste

Le Prince

Le Roman de la momie

Le Roman de Renart

Le Rouge et le Noir

Le Soleil des Scortas

Le Tartuffe

Le vieux qui lisait des romans d'amour

L'Ecole des Femmes

L'Ecume Des Jours

Les Bonnes

Les Caprices de Marianne

Les cerfs-volants de Kaboul

Les contes de la Bécasse

Les dix petits nègres

Les femmes savantes

Les fourberies de Scapin

Les Justes

Les Lettres Persanes

Les liaisons dangereuses

Les Métamorphoses

Les Mouches

Les Trois mousquetaires

L'étrange cas du Dr Jekyll et de Mr Hyde

L'Ile Au Trésor

L'île des esclaves

L'illusion comique

L'Ingénu

L'Odyssée

L'Ombre du vent

Lorenzaccio

Madame Bovary

Manon Lescaut

Micromégas

Mon ami Frédéric

Mon bel oranger

Nana

Ne tirez pas sur l'oiseau moqueur

Notre-Dame de Paris

Oliver twist

On ne badine pas avec l'amour

Oscar et la dame rose

Pantagruel

Le Misanthrope

Perceval ou le conte du Graal

Phèdre

Ravage

Roméo et Juliette

Ruy Blas

Sa Majesté des Mouches

Si c'est un homme

Stupeur et tremblements

Supplément au voyage de Bougainville

Tanguy

Thérèse Desqueyroux

Thérèse Raquin

Ubu Roi

Un Barrage contre le Pacifique

Un long dimanche de fiançailles

Un secret

Vendredi ou la vie sauvage

Vipère au poing

Voyage au bout de la nuit

Voyage au centre de la terre

Yvain ou le Chevalier au lion

Zadig

À propos de la collection

La série FichesdeLecture.com offre des contenus éducatifs aux étudiants et aux professeurs tels que : des résumés, des analyses littéraires, des questionnaires et des commentaires sur la littérature moderne et classique. Nos documents sont prévus comme des compléments à la lecture des oeuvres originales et aide les étudiants à comprendre la littérature.

Fondé en 2001, notre site FichesdeLectures.com s'est développé très rapidement et propose désormais plus de 2500 documents directement téléchargeables en ligne, devenant ainsi le premier site d'analyses littéraires en ligne de langue française.

FichesdeLecture est partenaire du Ministère de l'Education du Luxembourg depuis 2009.

Plus d'informations sur www.fichesdelecture.com

ISBN: 978-2-511-02814-8

Notes :